ROMEON
VERLAG

Jeder kommt mal dran
(Ein)-wenig Weisheit und Spott

Erweiterte Neuauflage 5-2020
Idee, Layout, Zeichnung und Texte: Antonia Fournier
Satz: Romeon Verlag

ISBN: 978-3-96229-167-9

www.romeon-verlag.de

Bibliografische Information der Deutschen Nationalbibliothek:
Die Deutsche Nationalbibliothek verzeichnet diese Publikation in der Deutschen Nationalbibliografie; detaillierte bibliografische Daten sind im Internet über http://dnb.dnb.de abrufbar.

ANTONIA FOURNIER

Jeder kommt mal dran

(EIN)-WENIG WEISHEIT UND SPOTT

DER DICKE

MEINE HOSENBUNDWEITE
HAT DRANG ZUR BREITE.
DRUM WIES ICH MANCH SAFTIG' STÜCK
STANDHAFT UND FESTE ZURÜCK.
DOCH MANCHMAL VERGESS' ICH'S
DANN FRESS' ICH'S.

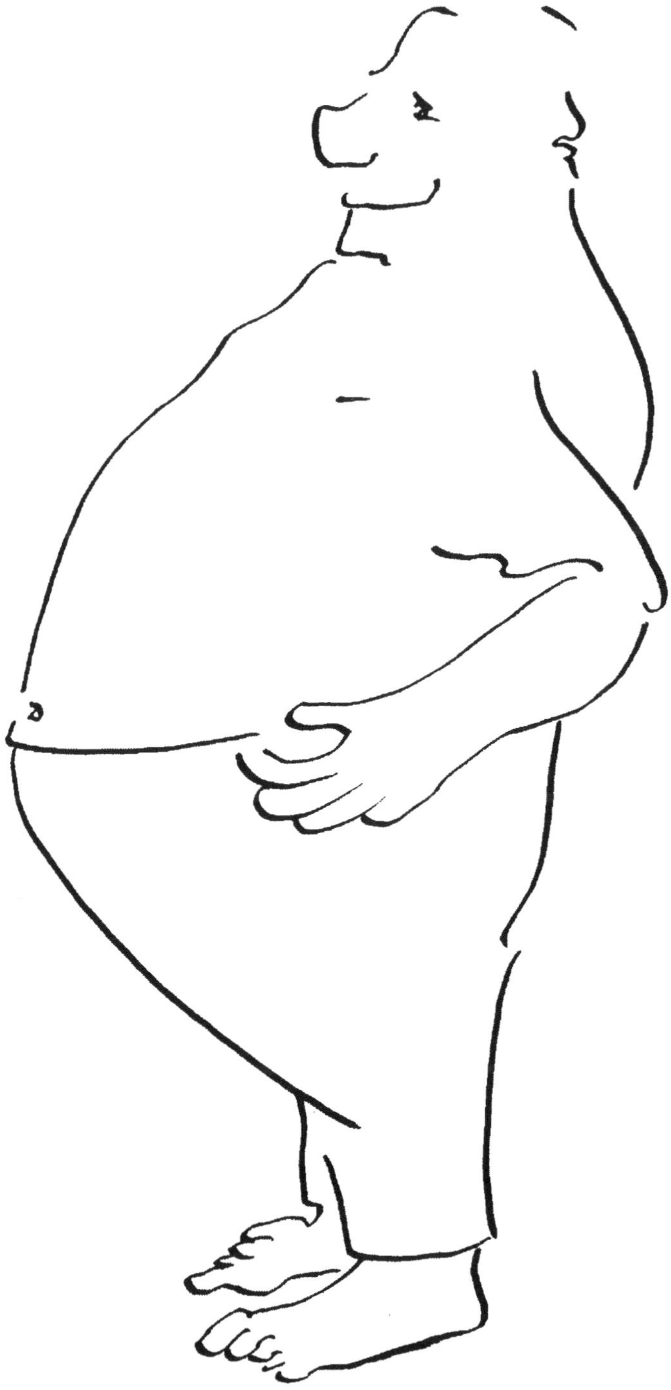

DER MORGENMUFFEL

MORGENSTUND HAT NICHT IMMER GOLD IM MUND.
SIE MACHT MANCHEN VERDRIESSLICH
DENN ARBEIT IST NICHT IMMER ERSPRIESSLICH.
NUR ÄRGER MIT DEN KOLLEGEN.
MAN SOLLT' SICH LIEBER PFLEGEN
UND AUF DIE AND'RE SEITE LEGEN.
IST DER MORGEN DANN VORBEI,
SCHMECKT DOPPELT GUT DAS FRÜHSTÜCKSEI.

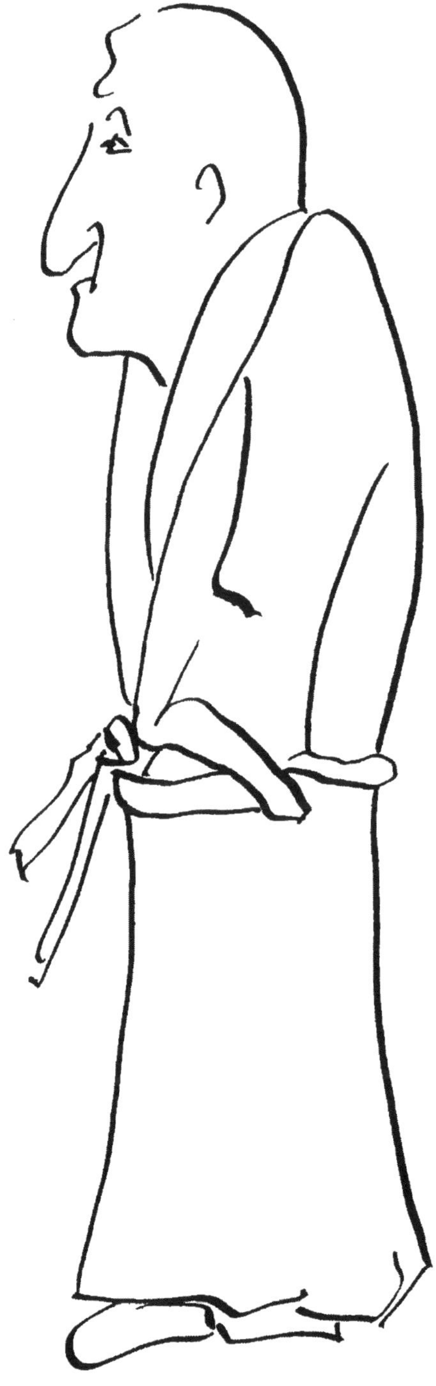

DER SELBSTGEFÄLLIGE

ES WIRD VON EINEM ERZÄHLT
DEN MAG SONST KEINER.
SEIN FREUNDESKREIS
WARD IMMER KLEINER.
WIE ER SICH AUCH DEHNT UND RECKT,
ZUM VORSCHEIN KOMMT NUR EIN EITLER GECK.
ER SIEHT NUR SICH SELBST UND IST'S DAMIT ZUFRIEDEN
DRUM WIRD ER AUCH VON ALLEN GEMIEDEN.

DER HEXENSCHUSS

AUS HEIT'REM HIMMEL ANGEFLOGEN
HAT ER DIE FIGUR VERBOGEN.
PLÖTZLICH KANN MAN NICHT MEHR GEH'N
UND ERST RECHT NICHT AUFRECHT STEH'N.
IM NU WIRD MAN ZUR WITZFIGUR
DOCH .... WARTET NUR!

DER GLEICHGÜLTIGE

„WAS KÜMMERN MICH DER AND'REN SORGEN,
WAS GEH'N MICH DEREN PROBLEME AN?"
DOCH.... WER WEISS, VIELLEICHT SCHON MORGEN
KOMMT ER SELBER DRAN.

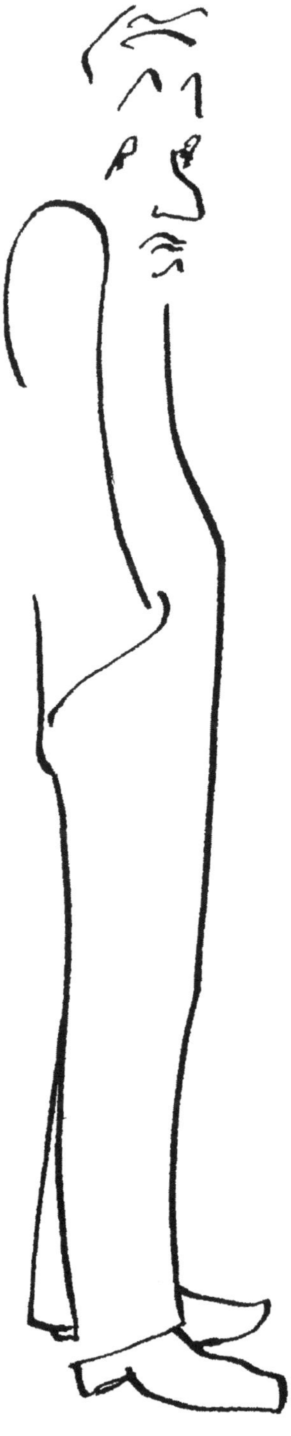

DIE WISSENDE ALTE

KENNEN SIE DIE FRAU?
IM MITTELALTER HAT MAN SIE VERBRANNT.
ALTER, NAME, HERKUNFT UNBEKANNT.
ZU LEBZEITEN WOLLT' SIE KEINER KENNEN
DOCH ZUM SCHEITERHAUFEN ALLE RENNEN.

DER WELTFREMDE

ICH SUCH' DIE HEILE WELT,
DIE MIR SO GEFÄLLT.
FAND NUR EIN SCHWARZES LOCH,
AUS DEM'S ROCH.
OCH .....

DIE EINFÄLTIGE

MANCHEINER LIEBT DAS RUND AN EINER FRAU.
DENKT: „NIMMT SIE'S MIT DER MORAL SO GENAU?"
DIE EINFALT LIEGT BLANK,
ES MANGELT AM VERSTAND.

DER MÖBELTRÄGER

BITTET IHN JEMAND ETWAS ZU TRAGEN
HAT ER NIEMALS FRAGEN.
ER WILL EBEN NUR TRAGEN.
SEINES LEBENS GRÖSSTES STREBEN
IST DAS MÖBELHEBEN.

DIE EMPÖRTE

DIE HÄNDE IN DEN HÜFTEN,
STREITSÜCHTIG WIE EIN STIER,
GRELL KEIFT SIE IN DEN LÜFTEN,
BEHERRSCHT IHR GANZES REVIER.

DER BRUTALE

NUR KRAFT STECKT IN DEN ARMEN.
HIRNLOS UND OHN' ERBARMEN
SCHLÄGT ER BRUTAL IN DIE MITTE.
DAS IST BEI „SOLCHEN" SO SITTE.

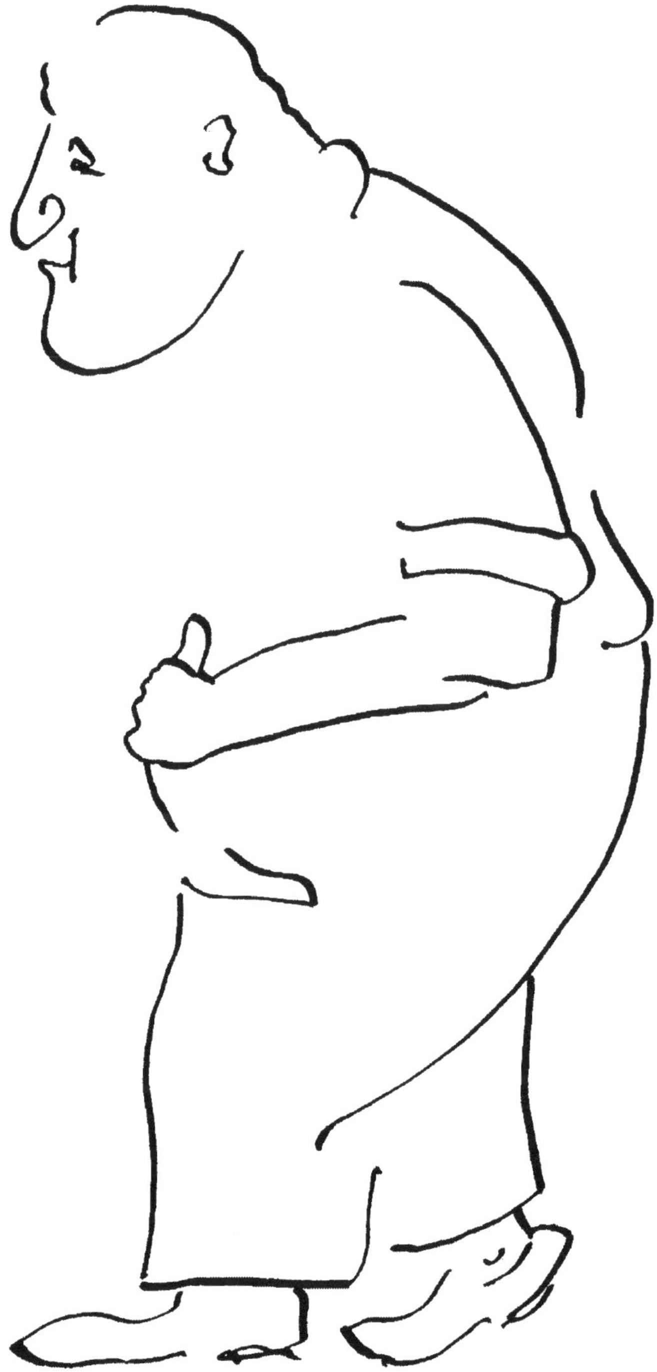

DER STILLE BRÜTER

JAHRAUS, JAHREIN IST ER STUMM.
ER TRÄGT ALLES MIT SICH 'RUM.
DOCH DANN IST ES SOWEIT
ER SUCHT MIT ALLEN STREIT.
WAS IN LANGER ZEIT SICH ANGESTAUT,
GEBÄRDET SICH WIE GEGORNES KRAUT.

DER LEIDENDE

ERDRÜCKT VON TIEFEM SCHMERZ UND KUMMER
WÜNSCHT ER, ER FIEL IN TIEFEN SCHLUMMER.
ER SPÜRT ES AUCH IM MAGEN
KANN DIE LAST NICHT MEHR TRAGEN.

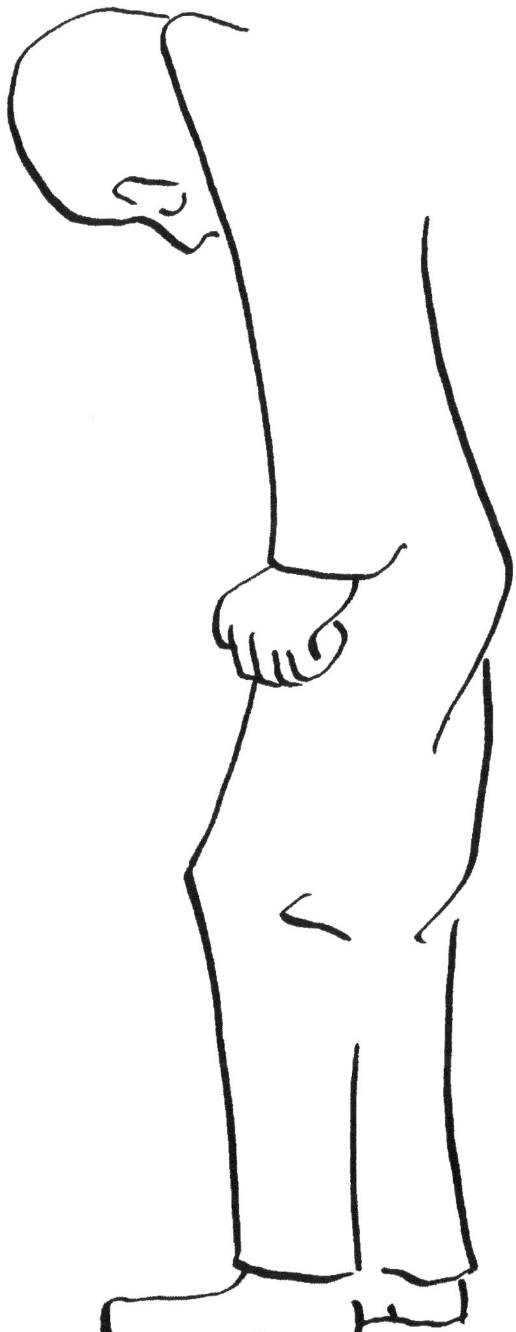

DER GEHEILTE

VON SCHMERZEN BEFREIT
LEBT ES SICH HEITER.
DIE QUALEN SIND WEIT,
DAS LEBEN GEHT WEITER.

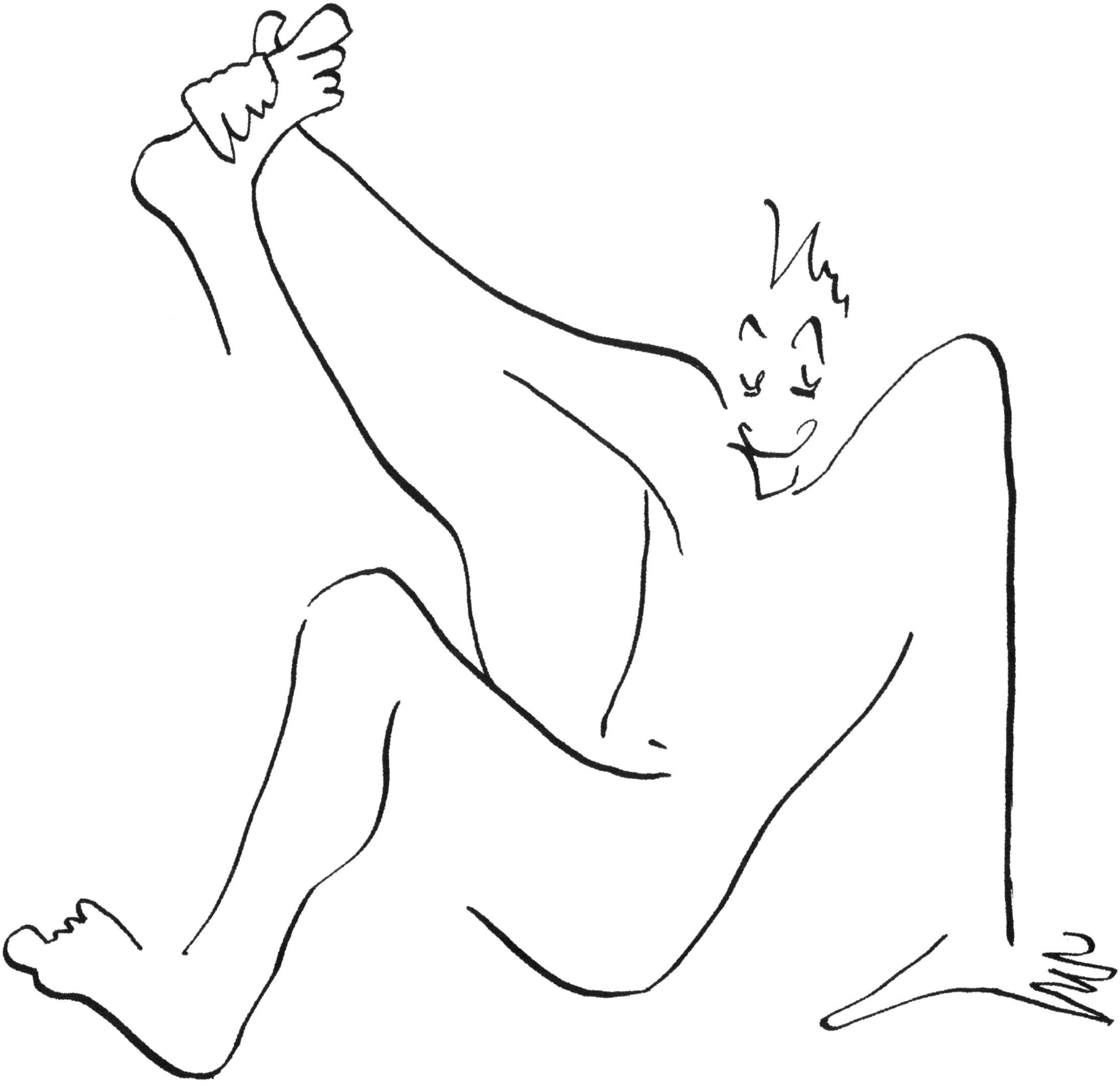

DER LEHRMEISTER

DER SCHULBETRIEB WAR DAZUMAL
FÜR MANCHE SCHÜLER EINE QUAL.
DER LEHRMEISTER HAT DEN ROHRSTOCK GEZÜCKT
DANN HEISST DAS KOMMANDO:
„JETZT WIRD SICH GEBÜCKT!"
DOCH HAT DER ROHRSTOCK ALS ZEPTER DER MACHT
ERZIEHERISCH WIRKLICH 'WAS GEBRACHT?

DIE SCHULMEISTERIN

DIE EWIG NÖRGELNDE HAT JEDER IN DER SIPPE,
SIE HAT MEIST NICHT VIEL AUF DER RIPPE.
KAUM HAT SIE EINEN FEHLER ENTDECKT,
SCHON HÄLT SIE DEN FINGER HOCHGESTRECKT.
SIE TUT DEN MUND AUF ZUR KRITIK
DENN ALLES STÖRT SIE, WAS SIE SIEHT.

DER UNDURCHSCHAUBARE

DER MANN WAR – WIE MAN ERZÄHLT –
MIT SEINER FRAU GARNICHT VERMÄHLT.
ER WAR EIN SONDERLING!
UNDURCHSCHAUBAR. UND NEBENBEI
BETRIEB ER EINE GLASEREI.
EIN KOMISCH DING.

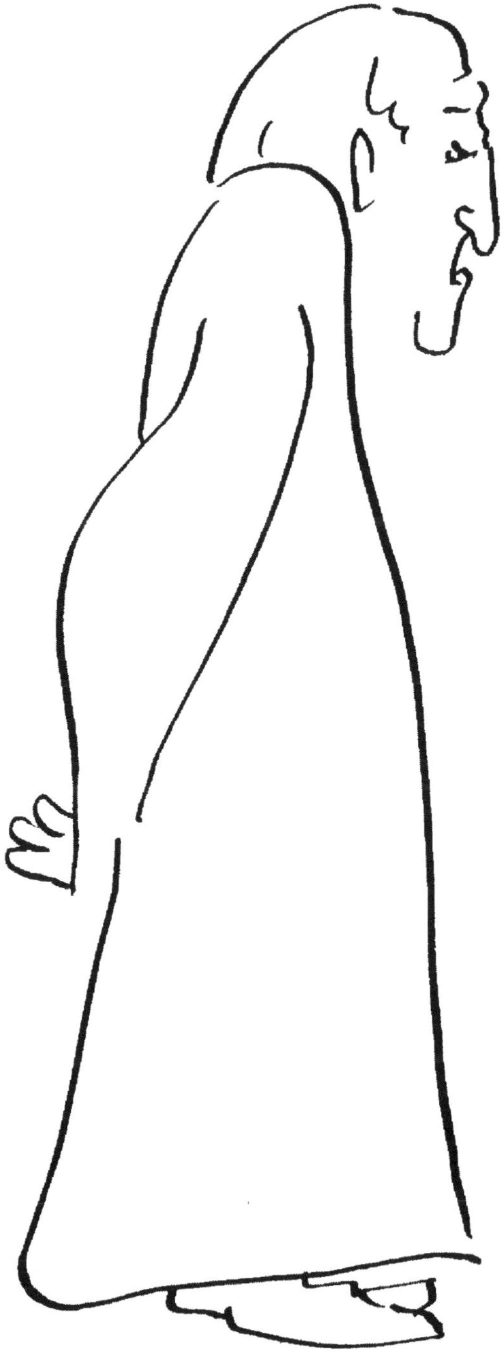

DAS BLUMENMÄDCHEN

ROSEN, TULPEN, NELKEN
ALLE DIESE WELKEN.
WERD' VON KEINEM ICH GESEH'N,
WIRD ES MIR GENAUSO GEH'N.

DER NACHDENKLICHE

PROZESS VERLOREN.
WAS MUSS GETAN WERDEN,
DAMIT ES GERECHTIGKEIT
GIBT AUF ERDEN?

DER SAUNAGÄNGER

GANZ UNGEHEMMT HAT ER GESCHLEMMT.
NUN KNEIFT SELBST DAS UNTERHEMD.
DER SCHWEISS TROPFT DURCH DIE RITZEN
ABER AUF DEM SPECK BLEIBT ER SITZEN.

DER DIRIGENT

ER HAT SEIN ORCHESTER FEST IM GRIFF
GIBT IHM DEN LETZTEN SCHLIFF.

DER SAXOPHONIST

ES IST EIN HAUS GANZ ERSTEN RANGES
MAN HÖRT IHN IM SALON
UND IN DER BAR
SEIN SPIEL IST EINFACH WUNDERBAR.
ER KANN ES.

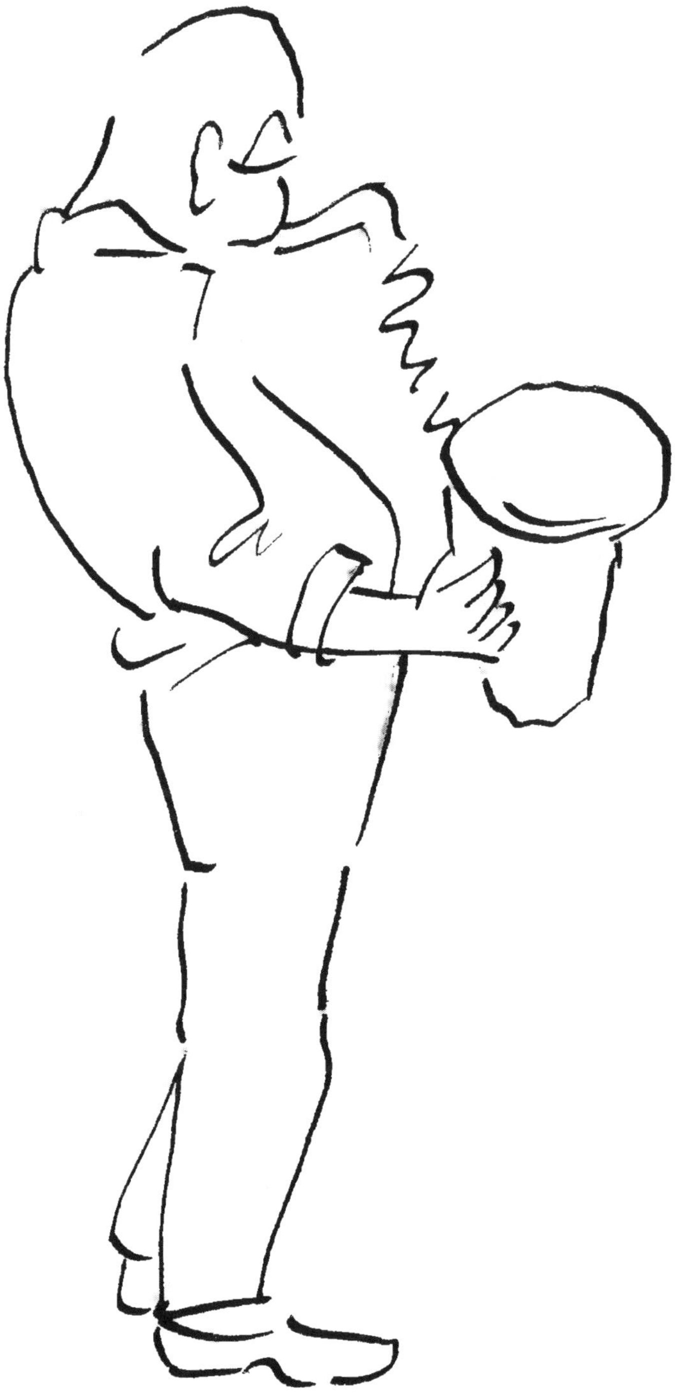

DIE SÄNGERIN

SIE SCHAUT ZUM DIRIGENTEN HIN
UND LEGT EIN TOLLES SOLO HIN
SIE SINGT AUS VOLLER KEHLE
ALS FÜRCHTE SIE UM IHRE SEELE.

DER KLAVIERSPIELER

VOLL UNGESTÜM GREIFT ER IN DIE TASTEN
WILL TÖNE HOLEN AUS DEM KASTEN
DOCH ZAUBERT ER MUSIK HERVOR,
DIE SO NOCH NIE GEHÖRT EIN OHR.

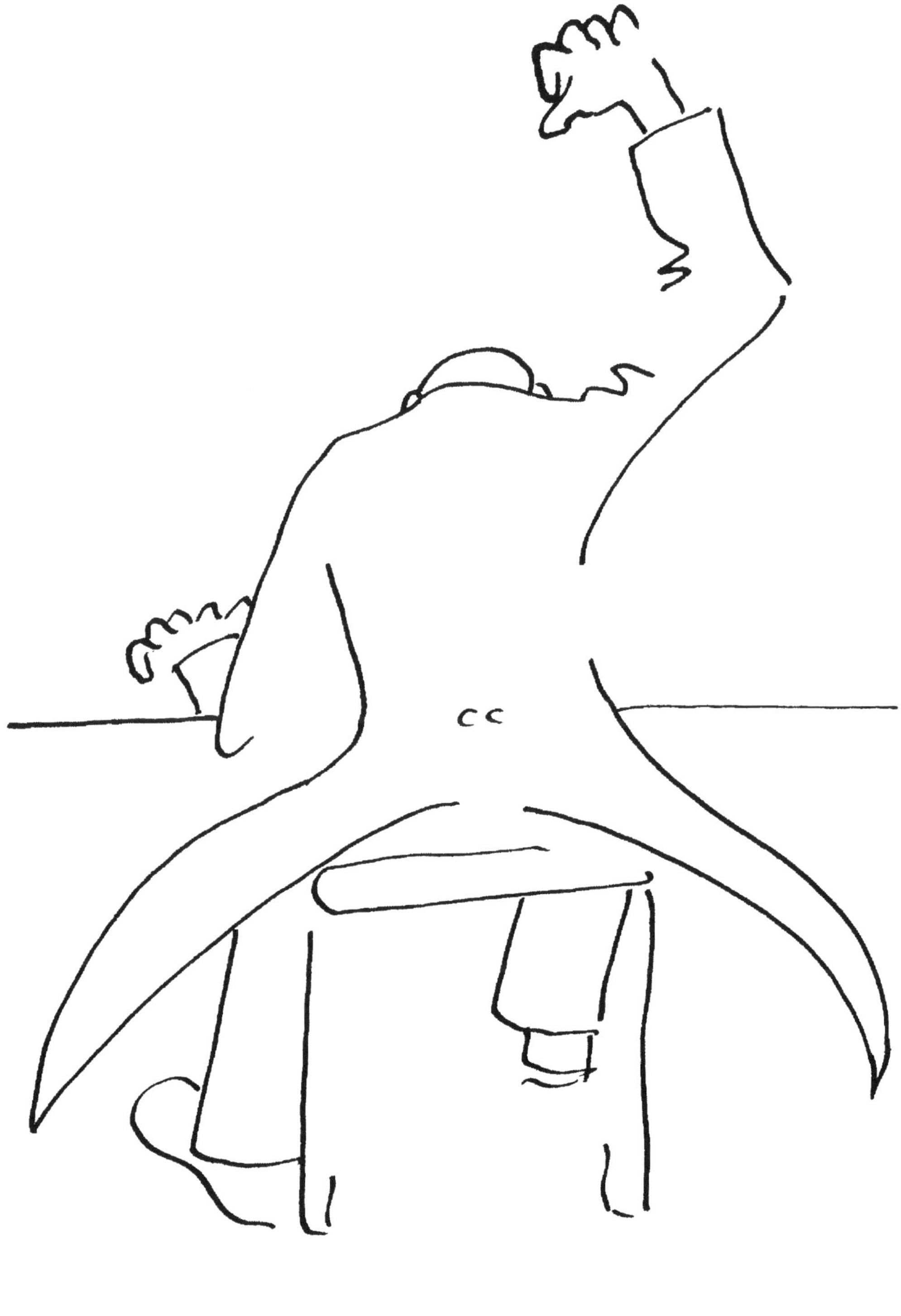

DER PIANIST

ER SPIELT GANZ IN SICH GEKEHRT,
GANZ VERKLÄRT.
DER LETZTE TON IST KAUM VERKLUNGEN.
ES WAR, ALS HÄTTEN ENGEL GESUNGEN.

DIE VIOLINSPIELERIN

WENN SIE DIE SAITEN STREICHT,
HAT SIE DES MENSCHEN HERZ ERREICHT.
SIE KANN DEN BOGEN FÜHREN
UND TIEF UNSER INNERES BERÜHREN.

DER GUITARRENSPIELER

SEINE GUITARRE SPIELT ER ALLEIN.
SONST IST ER IM VEREIN.
WILL IN SEINER MUSIK VERHARRN,
LÄSST DIE LEUTE RUHIG STARREN.

DIE FLÖTENSPIELERIN

SIE SPIELT AUF IHRER FLÖTE
BIS ZUR MORGENRÖTE.

DER TROMMLER

ER TROMMELT WIE BESESSEN,
HAT DIE UMWELT GANZ VERGESSEN.
SO HEISS IST SEIN RHYTMUS,
DASS JEDER MIT MUSS.

DIE MARKTFRAU

RUND UND GESUND TUT SIE ES KUND
SIE IST GUT ZU HÖREN.
3,80€ KOSTET EIN BUND MÖHREN.
JEDE WOCHE STEHT SIE AUF DEM MARKT.
SIE BEKOMMT KEINEN HERZINFARKT.

DER TROTZ

NEIN, DENKT ER, DAS IST ES NICHT.
DAS RICHTIGE WEISS NUR ICH.
ARGUMENTE VERSTEHT ER NICHT
WEIL'S IHM AM VERSTAND GEBRICHT.
DIE FAUST IN DER TASCHE,
DAS IST SEINE MASCHE.

DER MÖBELSCHREINER

SEIN HOBEL GLEITET ÜBER'S HOLZ
WAS DARAUS ENTSTEHT,
ERFÜLLT IHN MIT STOLZ.
ER ARBEITET IMMER FEINER.
SO SCHÖNE MÖBEL MACHT SONST KEINER.

DER WANDERER

DAS WANDERN IST DES MÜLLER'S LUST.
DER MENSCH ENTFLIEHT AUCH SEINEM FRUST.
ER FREUT SICH AN DER NATUR
UND TUT AUCH WAS FÜR DIE FIGUR
IM WALD UND AUF DER HEIDE
DA HAT ER SEINE FREUDE.

DIE BÜGLERIN

DIE MINDERBEMITTELTEN STÄNDE
SIND EIGENTLICH GARNICHT SO ARM,
GESCHWOLLENE, KALTE HÄNDE
HÄLT DAS BÜGELEISEN SO WARM.

DER ARZT

WIE JEDER WEISS,
IST ER NICHT MEHR „DER GOTT IN WEISS“
LEICHT ANGESCHWÄRZT IST SEIN KITTEL.
ER VERSCHREIBT VIELE MITTEL.
HAT NUR 5 MINUTEN ZEIT
DAS GEHT ZU WEIT!

DER METZGER

HEUT WETZT ER DAS MESSER
ES SCHNEID' SCHON VIEL BESSER
ER ZERTEILT DAS FLEISCH
DIE KUNDEN KOMMEN GLEICH.

DAS SCHLECHTE GEWISSEN

ER HAT GERISSEN
MANCHEN GEPRELLT,
BLEIBT SCHLECHTES GEWISSEN
UND EIN HAUFEN GELD.

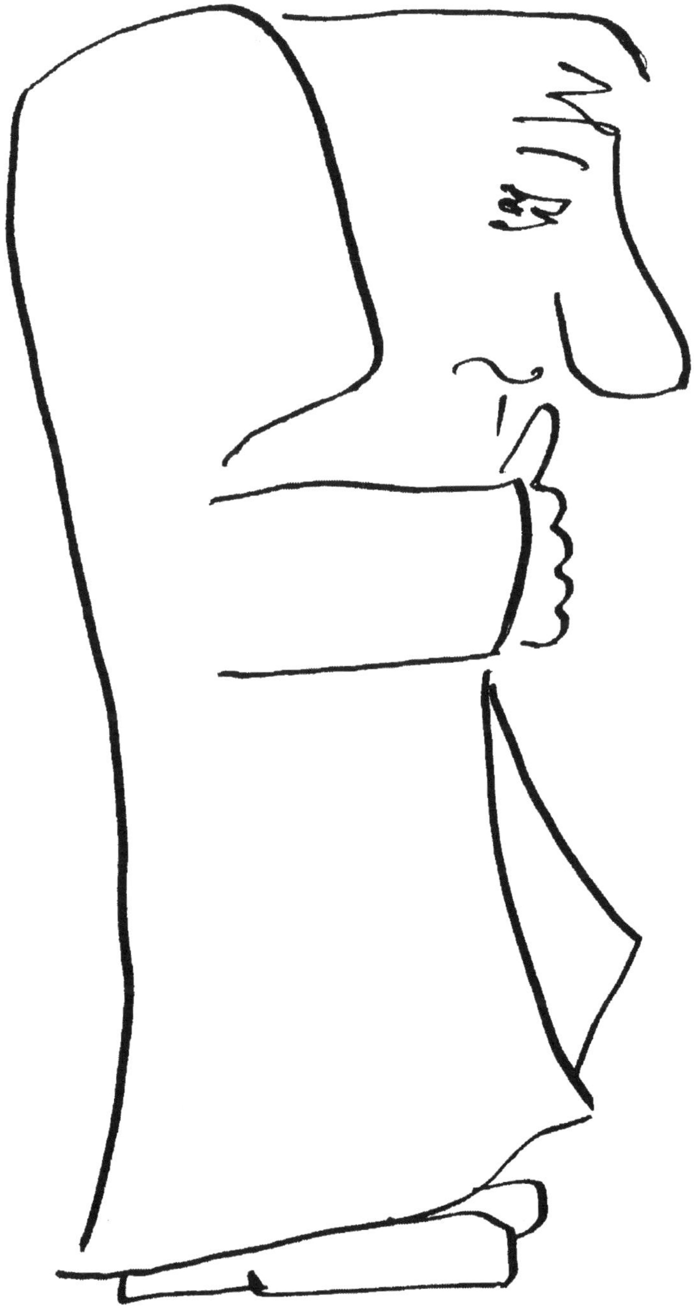

DIE PUTZFRAU

SCHNELL UND BEHENDE
ÜBER BODEN UND WÄNDE
SIE SCHWINGT TUCH UND BESEN
UND STAUB UND SCHMUTZ SIND GEWESEN

DER ANGEBER

MIT DEM SPORT ER KOKETTIERT,
SPIELT GANZ MUNTER UNGENIERT
DEN GRÖSSTEN LÄUFER IN DER STADT,
DEN MAN JE GESEHEN HAT.

DER EIFRIGE

OBWOHL ER SICH RECHT EIFRIG SCHINDET
UND IMMER STREBEND SICH BEMÜHT,
KEIN GRAMM VON SEINEM FETTE SCHWINDET.
DAS SCHLÄGT IHM HEFTIG AUF'S GEMÜT.

DER ZIELSTREBIGE

MIT GROSSEN SCHRITTEN EILT ER ZUM ZIEL.
SCHAUT WEDER RECHTS NOCH LINKS,
RÜCKSICHTEN KENNT ER NICHT VIEL,
DENN NUR DER ERFOLG BRINGT'S.

DIE UNZUFRIEDENE

VERKANNT VON ALLEN,
MIT NICHTS ZUFRIEDEN
SO LEBT'S SICH DÜSTER
UND GROLLEND HINIEDEN.

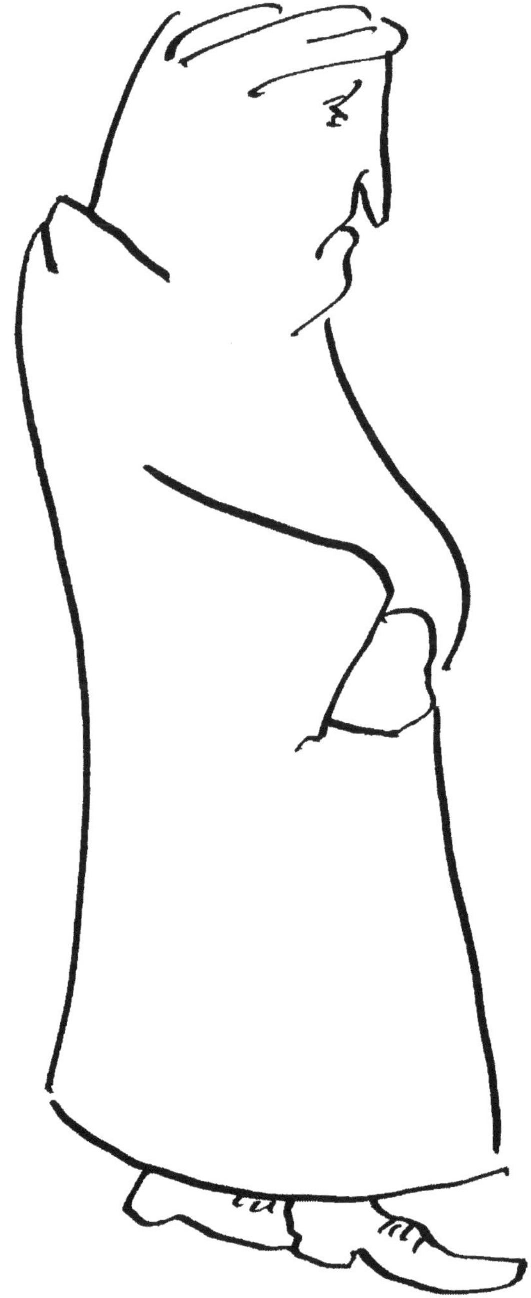

DER SÜCHTIGE

ALKOHOL UND RAUCH HAT ER GENOSSEN,
NUN LIEGT ER IN DER GOSSEN.
GEIST UND KÖRPER SIND ZERFRESSEN,
NICHT LANG UND ER IST VERGESSEN.

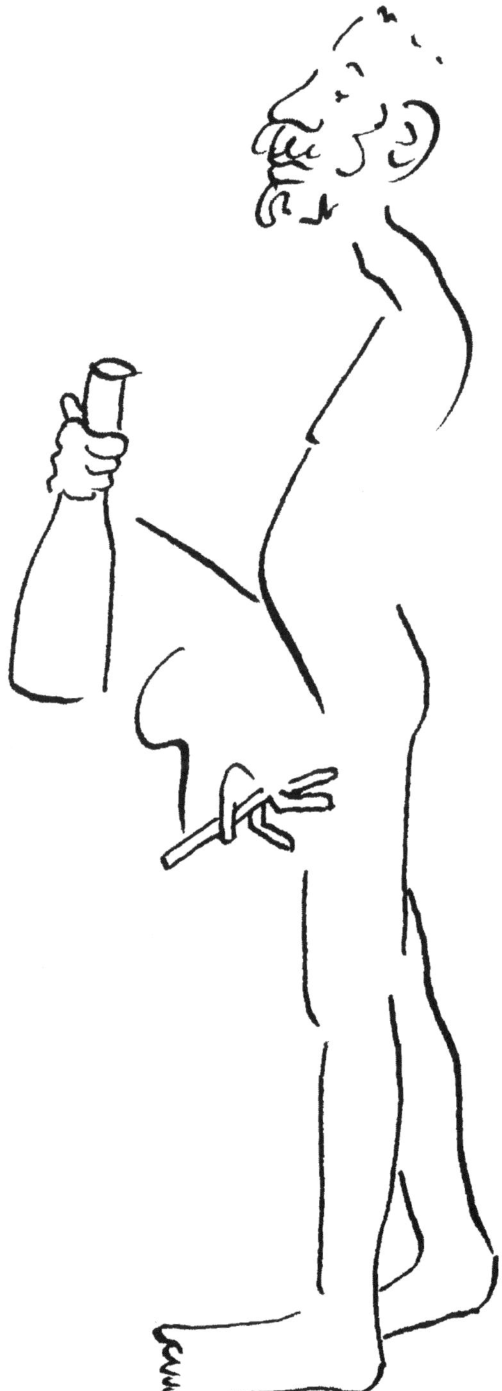

DER STELLVERTRETER

HIMMEL UND HÖLLE
MAKELT ER SCHNELLE
MIT DEVOTEM BLICK
UND DREISTEM GESCHICK.

DER PFARRER

STOPPT WAFFENGEWALT!
DIESER WUNSCH IST SCHON ALT
SPRICHT DER PFARRER DENN VERGEBENS
VOM WAHREN SINN DES LEBENS?

DAS ALTER

HIER SCHLURFT ER IM ROCKE
GESTÜTZT AUF DEM STOCKE
UND KLAGT ALS PENSIONÄR
„WENN ICH DOCH JÜNGER WÄR."
ER WARTET AUF'S ESSEN
VON VIELEN VERGESSEN.

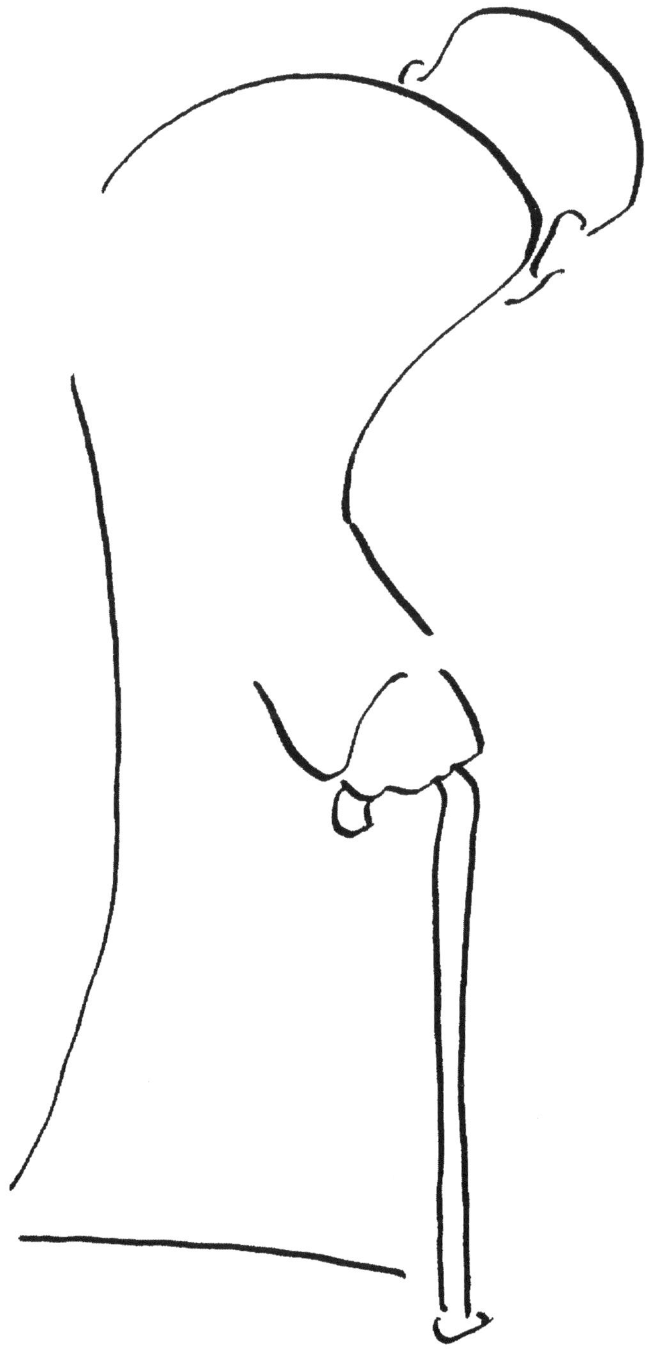